KB192563

파주 용연초 어린이들의 작은 시집

파주 용연초
어린이들의

작은
시집

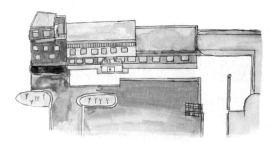

2021학년도가 하릴없이 저물어 가고 있는 요즘도 코로나 19로 인해 어려움이 많지요? 지난 2년 동안 학교에서 마스크 쓰고 조마조마한 마음으로 답답하게 생활해 왔는데 변이 코로나로 인해 어려움이 더 해 가고 있네요. 먼동이 트기 직전이 가장 어둡다는 말이 있어요. 조금만 더 참고 이겨내면 예전처럼 친구들과 얼굴 맞대고 신나게 웃고 뛰어노는 해맑은 모습들을 볼 수 있을 거라 생각해요.

어려운 상황 속에서도 여러분들의 꿈과 소망이 가득 담긴 동시집을 발간하게 되었어요. 이 작은 동시집이 나오는데 여러분 모두의 정성과 선생님들의 수고가 함께하니 더욱 소중함을 느껴요.

'자세히 보아야 예쁘다. 오래 보아야 사랑스럽다. 너도 그렇다.' 나태주 시인의 '풀꽃'이라는 짧은 시인데, 선생님이 좋아하고 있어요.

여러분이 정성껏 써 내려간 한 글자 한 글자 찬찬히 살피며 감상하다 보면 그 속에 여러분의 얼굴이, 정성이, 예쁜 마음들이 보여 보고 또 보고 하게 되네요. 마스크에 가려 잘 보이지 않던 얼굴이 또렷이 보이니 참 신기하죠? 심술궂은 코로나가 지난 2년의 일상을 송두리째 빼앗아 갔지만 여러분의 멋진 동시들을 보니 우리의 소중한 꿈과 마음까진 빼앗지 못했다는 생각이 들어요.

우리의 정성이 가득한 이 작은 동시집을 소중히 간직하여 가끔은 어려웠던 2021년의 추억을 꺼내어 보며 꿈과 용기를 키워 갔으면 좋겠어요. 늘 사랑하며 응원할게요.

김 동 철 교장

목차

목차

작은 시집에서 소중하고 따뜻한 시
몇 편을 품으며 각자의 마중물을 얻어
가시기를 바랍니다.

하나

바다 같은 우리 엄마

박 소 율

바다는 맑고 예뻐
우리 엄마 목소리도 맑고 예뻐

바다는 넓어
우리 엄마 마음도 넓어

바다는 찰랑찰랑해
우리 엄마 머리카락도 찰랑찰랑해

우리 엄마는 바다 같아
내가 좋아하는 바다 같은 우리 엄마

아빠는 모든지 한다

오 세 진

아빠는 운전을 잘 한다
아빠는 접시를 잘 닦는다
아빠는 사고도 안 난다
아빠는 폭신폭신 안아준다
우리 아빠 최고

탐정 같은 우리 동생

오 승 현

우리 동생은 탐정 같아

탐정은 똑똑해
동생도 똑똑해

탐정은 문제를 잘 풀어
동생도 1학년 문제를 잘 풀어

탐정은 단서로 문제를 풀어
동생도 생각으로 문제를 풀어

우리 동생은 탐정 같아
내가 제일 좋아하는 탐정 같은 우리 동생

사랑 같은 우리 엄마

오승현

우리 엄마는 사랑 같아

사랑은 따뜻해
엄마랑 딱 붙어 있을 때도 따뜻해

사랑은 기분을 좋게 해
엄마의 친절도 기분을 좋게 해

사랑은 날 편하게 해
엄마랑 침대에 누워 있을 때도 날 편하게 해

사랑은 빨개
엄마가 안아줘도 더워서 빨개져

우리 엄마는 사랑 같아
내가 제일 좋아하는 사랑하는 우리 엄마

미역국 같은 우리 아빠

정우준

우리 아빠는 미역국 같아

미역국은 따뜻해
아빠가 씻겨줄 때도 따뜻해

미역국을 먹으면 행복해
아빠가 안아줄 때도 행복해

미역국은 미끌미끌해
아빠 얼굴도 미끌미끌해

우리 아빠는 미역국 같아
내가 제일 좋아하는 미역국 같은 우리 아빠

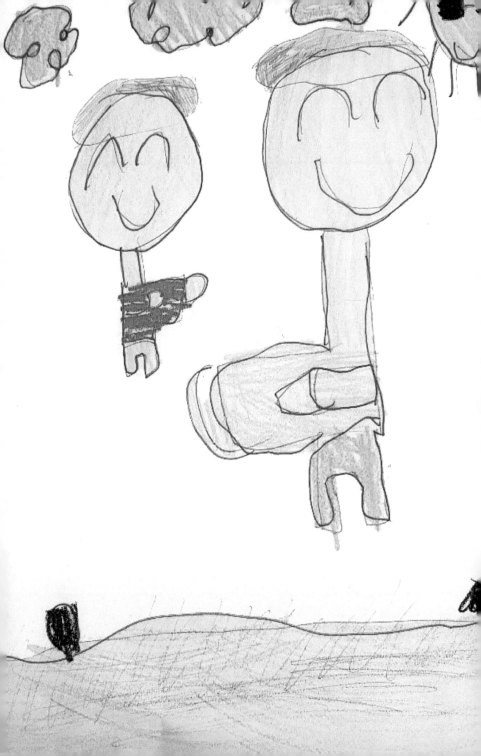

솜 같은 우리 레오

천준영

우리 레오는 솜 같아

솜은 말랑말랑해

레오 몸도 말랑말랑해

솜을 만지면 행복해

레오도 만지면 행복해

솜은 달달음직해

레오도 너무 행복해

우리 레오는 솜 같아

내가 제일 좋아하는 솜 같은 우리 레오

강아지 같은 우리 동생

안 도 윤

우리 동생은 강아지 같아

강아지는 귀여워
동생도 귀여워

강아지는 빨라
동생도 빨라

강아지는 얼굴이 동글동글해
동생도 얼굴이 동글동글해

강아지는 발이 작아
동생도 발이 작아

우리 동생은 강아지 같아
내가 제일 좋아하는 강아지 같은 우리 동생

둘

코로나

권 도 현

코로나 위험하네

코로나 때매 사람들 죽어가네

몇 만 명 어디어디 있을까

산, 강, 바다에 있네

코로나가 만든 세상

무섭네

앗!

김 소 울

앗!
푸른 나뭇잎 색이
변해 버렸네
빨강, 노랑, 주황 예쁜 색으로!

앗!
예뻤던 잎 색깔이
변해 버렸네
어두운 갈색 낙엽색으로!

앗!
갈색 나뭇잎이
다 떨어져 버렸네
나뭇잎은 아마 요술쟁이인가 봐!

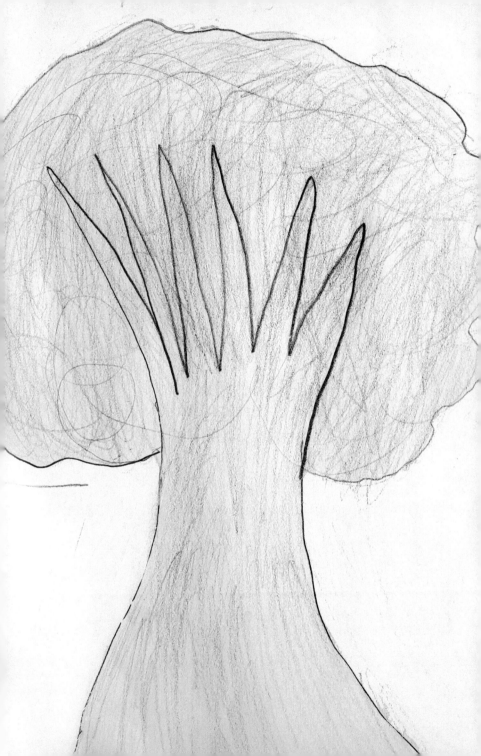

고양이

김 주 헌

고양이가 살금살금
살금살금 지나가요
조심조심 고양이가 지나가요
조심조심 고양이가 간다

마스크

심 하 은

코로나 끝나면 좋겠네
코로나 때매 마스크도 쓰고
바이러스 사라지면 좋겠네
바이러스 때매 주사도 맞고

겨울

심 하 은

겨울이 좋다
눈이 내리면 너무 좋다

하얀 눈이 내리면
세상을 하얗게 만든다

하얀 눈이 내리면
하얀 눈 위를 뛰어 다닌다

나도 하얀색이 된다
그래서 겨울이 좋다

세계 여행

유은서

반에서 떠나 보는 세계 여행
어디로 갈까

중국 가서 딤섬 먹을까
미국 가서 햄버거 먹을까
일본의 초밥은 어떨까
베트남의 쌀국수는

뭐 먹을까
고민 된다

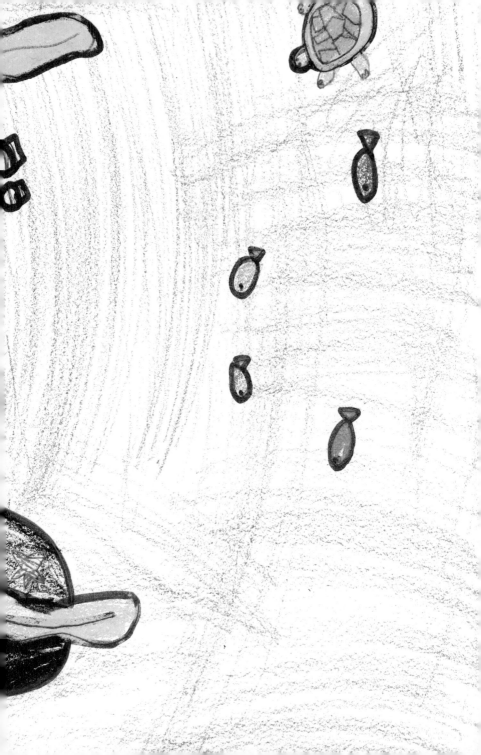

겨울

유은서

눈이 펑펑 내리네
눈으로 동글동글 눈사람 만들고
눈썰매장 가서 썰매도 타네
깔깔 웃는 아이들의 웃음소리가
겨울바람 타고 여기까지 들리네

내 동생

이 서 준

작은 키에
작은 손, 작은 발
모든 게 귀여운
내 동생

학교 갔다 돌아오면
반갑게 웃어주는
귀여운 내 동생

가끔 화를 내서
미울 때도 있지만
그래도 사랑하는
내 동생

풀밭

오 태 윤

바스락바스락
풀들이 부딪치는 소리
휘잉휘잉
풀들이 노래하는 소리

율곡 습지 공원

국건

동글동글 알밤 내 손에 있네
동글동글 무당벌레 내 손에 있네
길쭉길쭉 애벌레 내 손에 있네
길쭉길쭉 코스모스 내 손에 있네

커다란 대왕 참나무 내 눈에 담네
커다란 도토리나무 내 눈에 담네
커다란 빨간 장미 내 눈에 담네
커다란 기와집 내 눈에 담네

운동회

김 찬 별

달리기하면
슉슉 달린다
재미있어서
더 빨리 달린다

이어달리기하면
쌩쌩 달린다
긴장해서
더더욱 빨리 달린다

율곡 습지 공원

김 찬 별

친구들과 개구리밥도 보고
나뭇잎으로 동물도 만들고
쿵쿵 절구도 보고
부레옥잠도 보고

가족과 함께 또 가야지

셋

낙엽 카펫

김 서 연

가을이 오자 바닥에
알록달록
낙엽 카펫이 깔렸다

밟으면
바스락 바스락
소리가 나는
알록달록 낙엽

겨울이 다가오면
이 낙엽 카펫은
점점
차가운 흰색으로
변하겠지?

고양이

김 서 연

누군가가 나한테
다가온다

복실복실
살랑살랑
꼬리를 흔들며
귀여운 소리를 내며
사료를 먹는다
풀 위에서
나비와 함께 논다

나한테 놀아 달라
뛰어와서
귀여운 고양이와
폴짝폴짝
뛰며 놀았다

고양이

이 예 찬

저 멀리에서
나를 향해서 오는
나비라는 고양이

목줄이 있지만
주인을 찾아주기는 힘들었다
그래서 우리 집에서 키우기로 하였다

너무 귀여웠다

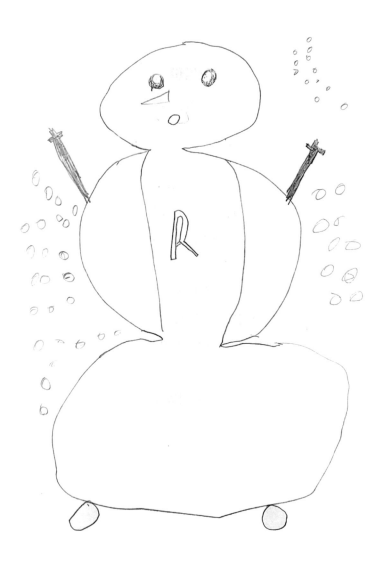

겨울

이 예 찬

겨울아, 겨울아,
차가운 한숨만 내쉬지 말고
송이송이
하얀 눈송이를 내려주렴

비오는 날

심지효

비오는 날 좋아요
왜냐하면
빗소리가 좋아요

비오는 날 좋아요
왜냐하면
웅덩이로 장화신고
첨벙 첨벙
소리가 나요

나무가 좋아

심 지 효

나무가 좋아요
왜냐하면
햇볕을 막아줘요
눈이 부시지 않아요

나무가 좋아요
왜냐하면
나무 그늘에 앉으면 시원해요
바람소리도 들려요

첫눈과 사랑

최연우

첫눈이 내릴 때
춥고 길도 얼었다

그리고 사랑하는 사람과
첫눈이 오는 날 만날 때
설렘과 걱정이 든다

심장이 두근거린다

가을 열매

최연우

햇사과는 달콤하듯
사랑도 달콤하다

가을 햇살이 따뜻하듯
엄마가 따뜻하게 안아주는 것 같다

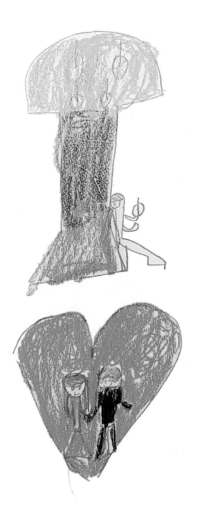

4학년

넷

겨울바람

김 민 석

숨을 쉬면 차가운 공기가
코 안에 들어오고
차가운 바람이 내 몸 속에
들어오면 몸이 오들오들거린다
난로 앞에 앉으면 몸이
따뜻따뜻 녹는다

깜깜한 밤

김 민 석

시끌시끌한 세상이라도
깜깜한 밤이 되면
조용조용 아기가 잠을 자는 것처럼
조용한 밤이 된다

타이어

김 보 배

어제도 굴렀는데 오늘도 구른다
내일도 또 구를 것 같다

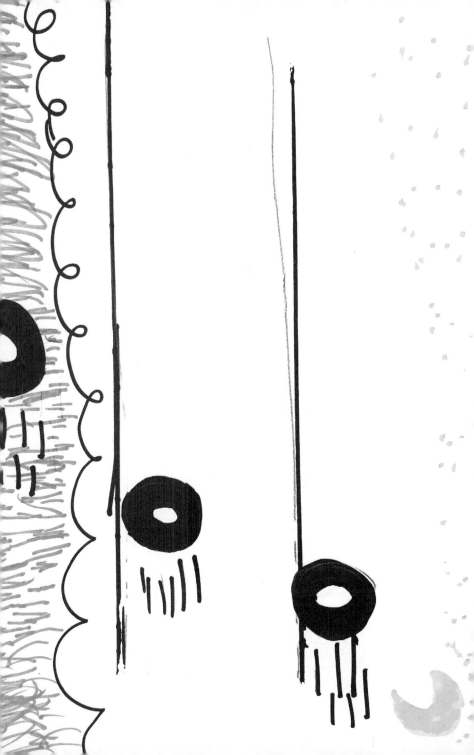

차

김 보 배

산지 얼마 안됐는데 또 산다
또 얼마 지나지 않아 또 산다

비행기

오 다 예

비행기 타는 날은 언제나
설레
가슴이 두근두근
비행기에 탔어

비행기가 이륙할 준비를 해
비행기가 이륙했어

비행기가 하늘 높이 날아
건물들이 모두 작게 보여
나는 그대로 잠이 들었어

비가 오는 날

오윤서

이른 아침 비가 옵니다
타닥타닥

아이들이 웅덩이에 놀아요
한 아이가..

앗 차가워!!
뒤도 돌아보지 않고
뛰어갑니다

우리 반 교실

이 민 지

우리 반 교실
애들이 등교하면
시끌시끌
우리는 앵무새야!
왜냐
말을 많이 조잘조잘
대기 때문이야

마음

이 민 지

하늘의 색은
정말 다양해
노을이 지면 주황
해가 지면 노랑
이처럼 우리의
마음도 색이 변해

세포

최 서 후

세포는 분열한다

그러다 암세포가 나온다

초기 암세포를 없애는 세포가 우리 몸을 암으로부터 지켜준다

상처가 나면 박테리아가 들어오고 세균도 들어온다

그러자 세균 박테리아를 죽이는 세포가 공격한다

근데 세균, 박테리아를 죽이는 세포가 지고 있으면 다른

세포가 도와준다

그러면 상처는 나아지고 세포를 도와주는 세포가 그 방법을

기억하기 위해 기억하는 세포가 된다 하지만 세포만 기억하고

우리는 방법을 모른다

뇌

최 서 후

뇌는 기억한다
잘 때도 수업할 때도 기억한다
기억하기 싫은 잔소리도 기억한다
그러다 죽으면 긴 휴식을 취한다

겨울 눈사람

최윤혁

동글동글 새하얀 눈이 내리면
아이들이 만드는
겨울 눈사람

겨울이 지나면 볼 수 없는
겨울 눈사람

삐뚤빼뚤 눈 코 입을 가진
겨울 눈사람

내가 가장 좋아하는
겨울 눈사람

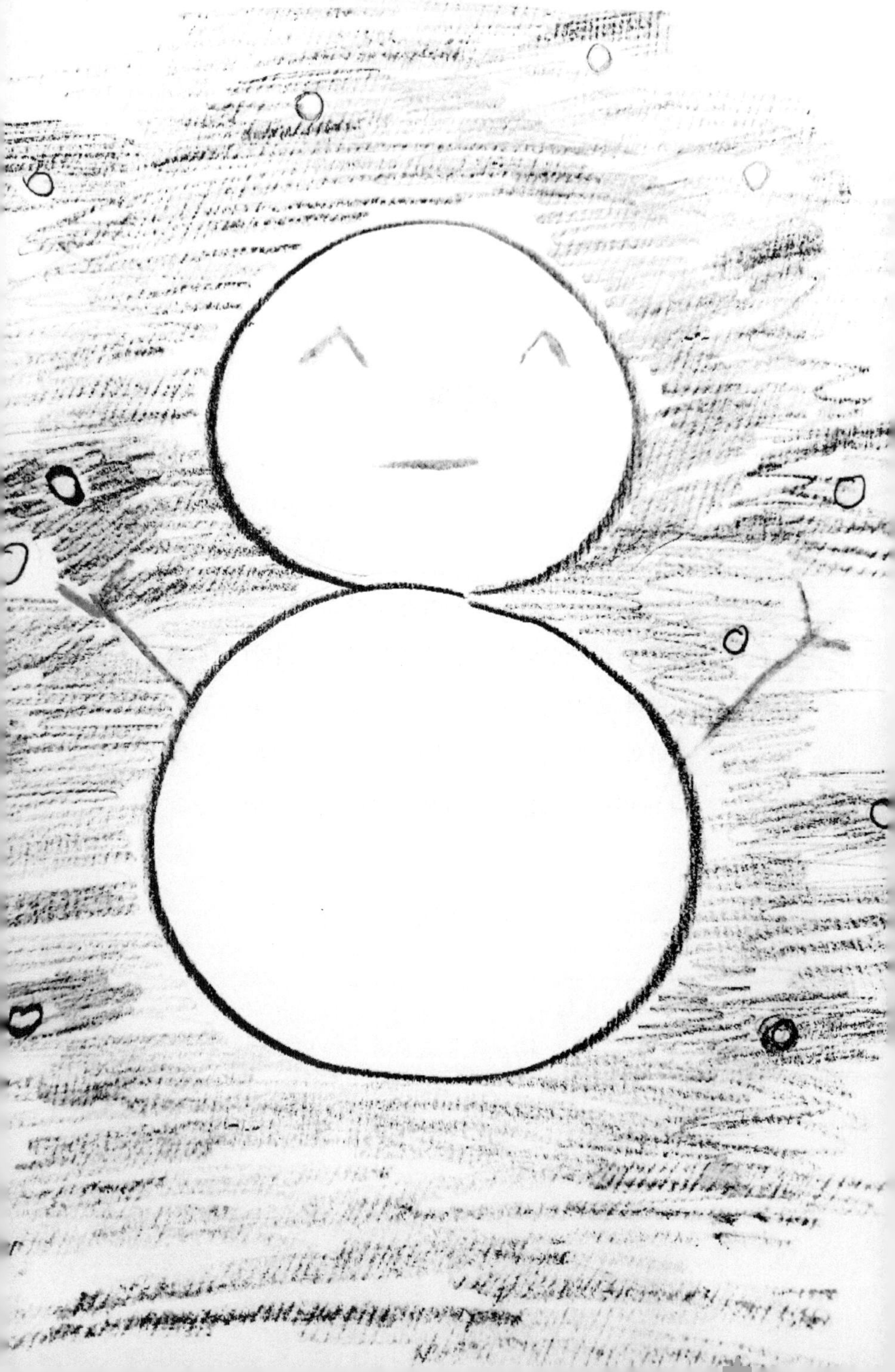

고양이

김선유

우리 집 주변에 고양이가 있다 그 중
방울 달린 고양이는 화분을 깨트리고 쨍그랑!
까만색 고양이는 아빠 차 밑에 울고 미야야옹!
주황색 고양이는 까망이랑 싸우고 캬악! 야옹!
나는 이런 사고를 내는 고양이라도...... 좋아!

강아지

김 선 유

우리 집 옆집엔 강아지가 있는데

모르는 고양이를 보면? 크르르르 월월! 월!

모르는 사람을 보면? 월! 월! 월!

모르는 강아지를 보면? 월! 월! 월!

그리고 우리를 졸졸 따라온다 월~~

다섯

겨울 다람쥐

김 보 영

겨울 날 다람쥐가
추워서 몸을 벌벌 떤다
꼬르륵 어디선가 소리가 났다
알고 보니 소리의 주인은
다람쥐였다

다람쥐는 배가 고파서
도토리와 밤을 맛있게 냠냠 먹고
꾸벅꾸벅 잠이 와서
잠에 깊이
빠져들었다

다트 고수 선생님

김 보 영

탁! 탁! 띠로링 띠로링
우리 반 친구들이 다트를 한다
잘하는 친구와 못하는 친구들이 있다
우리 반 중에서 못하는 친구도 열심히
잘하는 친구도 열심히

어느 날 선생님께서 과자를 걸고
다트를 하자고 하셨다
우리 반 모두 열심히 휙휙 던진다
그때 선생님도 던지셨는데
우리 모두를 이기고 과자를 다 드셨다

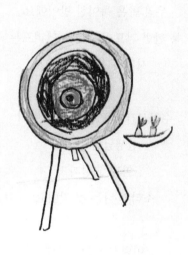

우리 반

김 서 우

우리 반은 특이한 반이에요
툭 한번 건드리면 바로 달려드는
사자와 상어 같아요

수업시간에 조용한 우리 반이
선생님이 나가면
아래 교실까지
소리가 나는 것 같아요

이렇게 시끄러운데
밖에서 나는 발소리는 또 잘 들려서
시끄러웠던 교실이 잠잠해져요

우리 반은 참 특이에요

운동장

김 서 우

운동장에 나가면 기분이 좋아요
체육한 마음의 들뜬 내 마음
그럴 때 책을 보는 것이었음에 아쉬웠어요

다음엔 꼭 활동 체육을
했으면 좋겠어요

벌 퇴치 대소동

석 보 민

그림을 그리다 공부를 하다 체육하다

우리 반에서 윙윙 시끄럽게 날아다니는 한 침입자 벌

나를 비롯해 여러 아이들이 꺅! 소리를 지르며

벌을 피해 도망 다닌다

남자 아이들은 노크도 없이

6학년 교실 문을 활짝 열어 파리채를 빌려와

키가 안 닿는 곳은 의자위에 올라가서

점프!! 하면 벌은 뚝 떨어진다

그럼 F킬라로 취이이익~

그리고 화장실로 가서 벌을 배웅해주며

잘 가! 조용하던 화장실에서 촤아아아~ 소리가 들려오고

우리 반은 아무 일도 없듯이 활동을 합니다

선생님께서 교무실에 가시면..

석 보 민

선생님 설명만 들리던 싸늘한
5학년 교실에 들려오는 행복한 소리
선생님께서 나가시는 문소리!

선생님께서 나가시자마자
우리 반은 마치 체험학습 온 것처럼
시끌시끌 합니다

얘기 중 누군가의 터벅터벅 발소리가 들리면
곧바로 문제를 풉니다

터벅
터벅

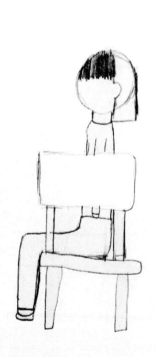

혈액

손 주 혁

우리들은 혈액이다
막힘없이 흘러라~

노력과 센스

손 주 혁

노력은 키우는 것
센스는 갈고 닦는 것

4계절

이 산

봄이 오면 신이 나고
놀이공원도 갈 수 있다
그리고 소풍도 갈 수 있다

여름이 오면 수영장에 갈 수 있어 신이 나고
아이스크림도 먹을 수 있다

가을이 오면 신나는 운동회를 할 수 있다

겨울이 오면 재밌는 눈사람을 만들 수 있고
눈싸움도 할 수 있다
크리스마스도 있다
겨울방학도 있다

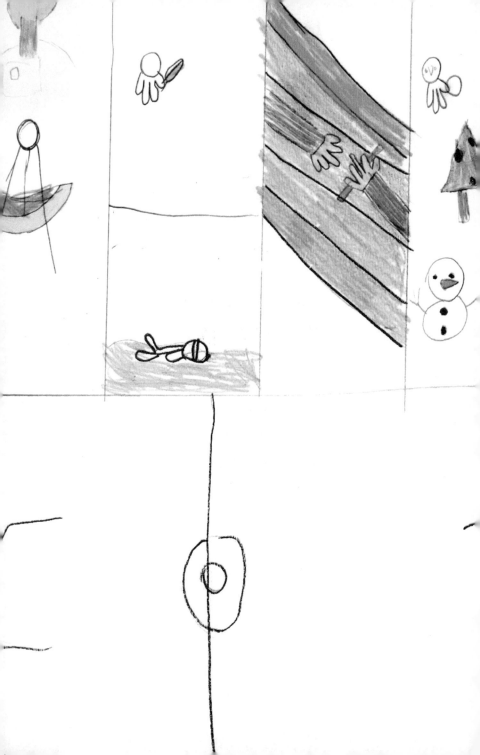

운동

이 산

운동을 하면 신나고 재미있다
하지만 너무 무리하면 다칠 수 있다

운동은 다양히 있다
운동 조금만 해야지 하면서도
1시간 2시간 3시간 하다보면
나도 모르게 시간이 빨리 가
저녁이 된다

내일의 내가

임윤지

어느덧 일요일 밤

일기와 독서록을 안 한 날

오늘도 내일의 내가 해줄 꺼야! 라고

소리치던 너 때문에

숙제를 학교에서 하게 되잖아!

정말 못살아

호불호

임윤지

아이스크림 호불호
피자 호불호
과자 호불호
사탕 호불호

호불호가 대체 뭔지?
취양을 나타내는 거예요

6학년

경 예 서	**졸업**
김 현 지	**마트료시카**
손 태 영	**졸업**
오 민 석	**졸업**
이 가 현	**졸업 한다**
이 경 민	**사계절**
정 다 운	**안녕**
조 휴 원	**졸업**
최 지 후	**이제 끝 새로운 시작**

여섯

졸업

경예서

졸업을 하고 새로운 학교에 가서
새로운 선생님과 새로운 친구를 만난다
선생님에게 인사를 하고
친구들에게도 인사를 한다
그렇게 새로운 학교가 시작된다

마트료시카

김 현 지

마트료시카의 껍질을 벗기면
새로운 마트료시카가 있듯이
6학년 이라는 인형을 벗기면
중학생이라는 새로운 인형이 나온다

졸업

손 태 영

졸업은 설렘과 두려움이
공존하는 것

졸업은 새로운 인연을
만나는 것

졸업은 한걸음 더
성장하는 것

졸업은 끝이자 새로운 시작

졸업

오 민 석

곧 졸업이다
설렌다

봄, 여름, 가을, 겨울이 지나
곧 졸업이다

새로운 친구들을 만날 생각을 하니
설렌다

하지만 놀던 친구들과 떨어질 생각을 하니
슬프다

졸업 한다

이 가 현

1학년에서 6학년을 걸쳐
졸업 한다

이 학교에서 오랜 시간을 보내며
졸업 한다

선생님과 인사하며
동생들과 인사하며
친구들과 인사하며
졸업 한다

사계절

이 경 민

졸업은 '봄'이다
모든 걸 새로 시작하는 시기기에...

졸업은 '여름'이다
열정이 불타는 시시기에...

졸업은 '가을'이다
모든 걸 끝내지만 새로운 걸 준비하는 시기기에...

졸업은 '겨울'이다
모든 걸 끝냈기에 마음속에 차가운 바람이 부는 시기기에...

졸업은 사계절이다

안녕

정 다 운

봄
우리가 처음 만나

여름
함께 웃고 울고

가을
헤어지는 준비를 하고

겨울
이제 헤어지네...

졸업

조 휴 원

봄, 여름, 가을, 겨울이 다 끝나면
졸업식이 시작한다

1월 달이 지나면 새해가 오고
2022년 3월이 오면 중학생이 된다

이제 졸업이 얼마 남지 않았다

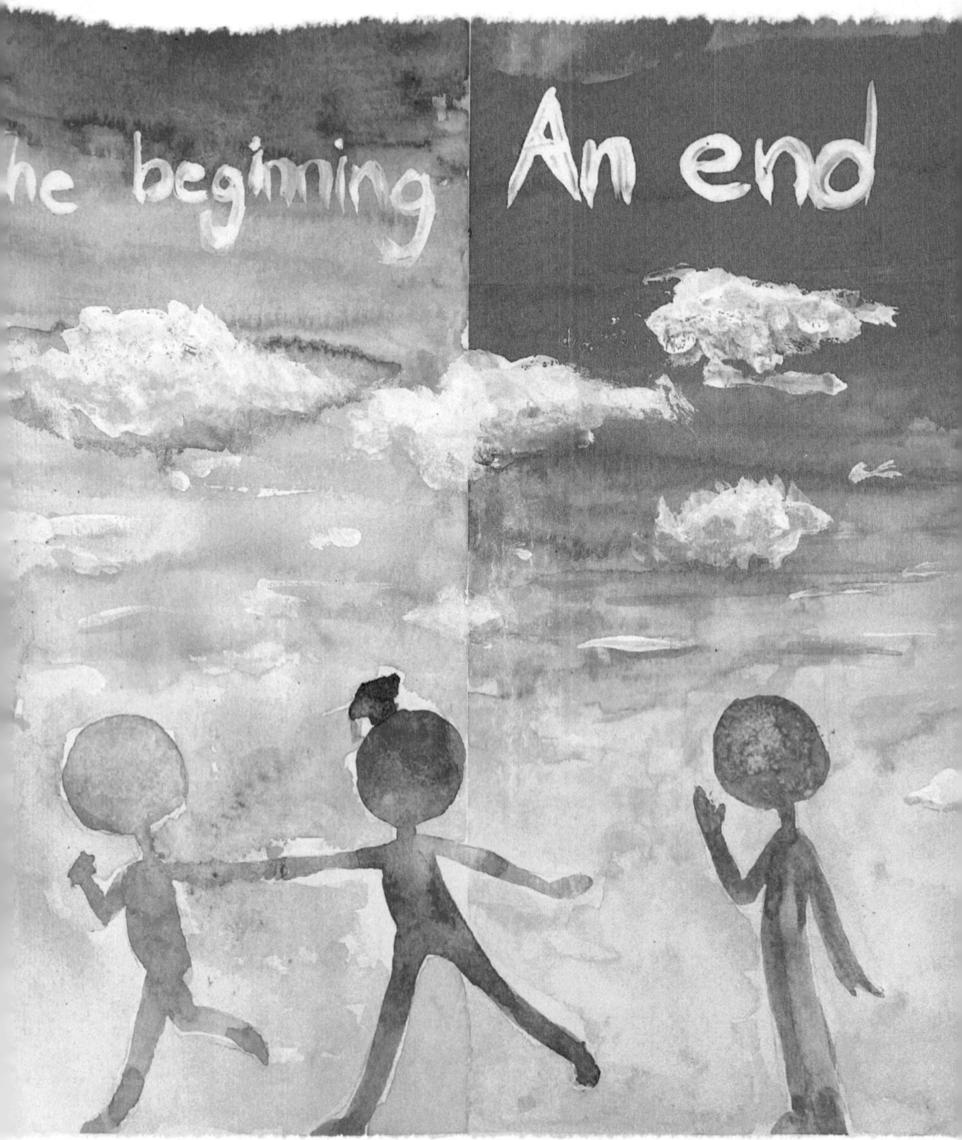
he beginning
An end

이제 끝 새로운 시작

최 지 후

그립고 기대되는
친구들

그립고 기대되는
선생님

그립고 기대되는
날

해는 노을을 끝으로 지지만
새롭게 다시 뜨니까

생생한 시를 선보인 어린이들에게

처음으로 저마다의 세상을 몇 자의 시로 담아보고, 그것을 한 권의 책으로 완성한 여러분을 진심으로 축하합니다. 한 편의 시를 지으며 고민하는 과정 속에서, 여러분이 세상을 좀 더 면밀히 보고, 다가가 듣고, 내면에 생생히 반응하기를 기대해 보았습니다. 그리고 여러분의 완성된 시들을 읽어보았습니다. 관찰하고 느끼는 것도 잘해주었는데 그것을 표현하는 것도 깜찍하게, 저마다의 성격이 잘 드러나게 표현했더군요. 옆에서 낭랑한 목소리로 읽어주는 것처럼 각 학생의 얼굴이 아른거렸습니다. 관심에 따라 시 주제도 다르고 주제가 같더라도 너무나 제각기의 시라는 것, 여러분은 눈치 챘나요? 다른 사람에게는 없는 나만의 관점이 오롯이 드러나기에 각 시는 더 특별한 것 같아요.

100명의 사람이 있으면 100개의 세상이 있다는 말이 있듯이 저마다 세상을 다르게 보며 살아갑니다. 내게 느껴지는 이것을 상대에게 모조리 말로 전하려면 얼마나 길고 애가 쓰일까요. 그래서 우리는 다양한 방법을 시도해봅니다. 춤, 노래, 그림, 이야기, 영화... 여러분도 살면서 자신에게 꼭 맞는 방법들을 발견해서 그것들을 유용하게 쓸 것입니다. 그리고 이 작은 시집을 만드는 과정도 여러분이 그 방법을 발견하는 여정이 되었으리라고 생각합니다. 자신이 감각하고 느끼는 세계를 표현하거나 타인과 공유할 때 쓰는 좋은 방법으로요. 시는 고작 몇 줄 되는 것으로 나의 삶도 타인의 삶도 외면도 내면도 담아낼 수 있기 때문입니다.

마지막으로 용연초 어린이들의 작은 시집을 발행하기까지 도움을 준 우리 마흔 세 명의 어린이들과 임형경 선생님, 이수진 선생님, 정민수 선생님, 나석관 선생님, 이상명 선생님, 박

세미 선생님, 정환복 선생님, 김동철 교장 선생님, 김규연 교감 선생님 그리고 출판사 관계자분들께도 감사의 마음을 전합니다. 이 작은 시집에서 소중하고 따뜻한 시 몇 편을 품으며 각자의 마중물을 얻어 가시기를 바랍니다.

한 지 수 교사

지 음	1학년	박소율	오세진	오승현
		정민아	정우준	천준영
		안도윤		
	2학년	권도현	김소율	김주헌
		심하은	유은서	이서준
		오태윤	국 건	김찬별
	3학년	김서연	이예찬	심지효
		최연우		
	4학년	김민석	김보배	오다예
		오윤서	이민지	최서후
		최윤혁	김선유	
	5학년	김보영	김서우	석보민
		손주혁	이 산	임윤지
	6학년	경예서	김현지	손태영
		오민석	이가현	이경민
		정다운	조휴원	최지후

파주 용연초 어린이들의 작은 시집

초판발행일 | 2022년 1월 5일

지 은 이 | 경예서 외 42명
지   도 | 한지수 외 5명
펴 낸 이 | 배수현
디 자 인 | 박수정
제   작 | 송재호
홍   보 | 배예영
물   류 | 이슬기, 이우길

펴 낸 곳 | 가나북스 www.gnbooks.co.kr
출 판 등 록 | 제393-2009-000012호
전   화 | 031) 959-8833(代)
팩   스 | 031) 959-8834

I S B N | 979-11-6446-048-9(03800)